Dora au carnaval

adapté par Leslie Valdes
basé sur le scénario « *The Big Piñata* »
illustré par Robert Roper

PRESSES AVENTURE

© 2006 Viacom International Inc. Tous droits réservés. Nickelodeon, Dora l'Exploratrice et tous les autres titres, logos et personnages qui y sont associés sont des marques de commerce de Viacom International Inc.

Paru sous le titre original de : *At the carnival.*

Ce livre est une production de Simon & Schuster.

Publié par **PRESSES AVENTURE**, une division de
LES PUBLICATIONS MODUS VIVENDI INC.
5150, boul. Saint-Laurent
Montréal (Québec)
Canada H2T 1R8

Dépot légal : 1er trimestre 2006
Bibliothèque nationale du Québec
Bibliothèque nationale du Canada

Traduit de l'anglais par : Catherine Girard-Audet

ISBN 2-89543-342-9

Tous droits réservés. Imprimé au Canada. Aucune section de cet ouvrage ne peut être reproduite, mémorisée dans un système central ou transmise de quelque manière que ce soit ou par quelque procédé électronique, mécanique, photocopie, enregistrement ou autre, sans l'autorisation écrite de l'éditeur.

Nous reconnaissons l'aide financière du gouvernement du Canada par l'entremise du Programme d'aide au développement de l'industrie de l'édition (PADIÉ) pour nos activités d'édition.

Gouvernement du Québec — Programme de crédit d'impôt pour l'édition de livres — Gestion SODEC

Salut ! Je suis Dora. Aimes-tu jouer à des jeux ? Moi aussi !
Babouche et moi sommes à un carnaval. Il s'agit d'une grande
fête où tu joues à des jeux et où tu gagnes des prix ! Babouche
et moi voulons gagner le grand prix : la grande piñata !

Lorsqu'on ouvre une piñata, on trouve toutes sortes de surprises à l'intérieur, comme des jouets, des autocollants et des friandises!

Pour gagner la grande piñata, nous devons recueillir huit billets jaunes. Vas-*tu* nous aider à gagner la grande piñata ? Parfait !

Comment devons-nous nous rendre à la grande piñata ?
Demandons à Carte. Dis : « Carte ! »

« Vite, vite, vite ! dit Carte, vous devez passer par la grande roue, puis vous rendre au manège, c'est ainsi que vous arriverez à la grande piñata. »

En route, nous recueillerons les huit billets jaunes en faisant des tours de manège et en jouant à des jeux.

Nous sommes arrivés à la grande roue! Regarde, c'est Mister Toucan! Il dit que nous pouvons faire un tour dans la grande roue, mais que nous devons d'abord trouver un siège vide.

Vas-tu nous aider à trouver un siège vide dans la grande roue? Quelle est la forme bleue qui se trouve à côté de ce siège?

Hourra! Tu as trouvé le siège vide à côté de l'étoile bleue!
Mister Toucan dit que nous avons gagné quatre billets jaunes!
Nous pouvons maintenant faire un tour dans la grande roue.
Plus haut, plus haut et encore plus haut! Youpi!

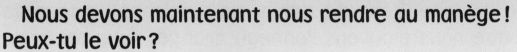

Nous devons maintenant nous rendre au manège !
Peux-tu le voir ?

Voici Véra l'iguane. Véra dit que si nous faisons un tour de manège et que nous trouvons l'anneau orange, nous pourrons gagner d'autres billets jaunes.

Vas-*tu* nous aider à trouver l'anneau orange ?
Great ! Tu l'as trouvé !

Nous venons de gagner quatre billets jaunes! Youpi!
Faisons le point. Nous avions déjà recueilli quatre billets jaunes, et nous venons tout juste de gagner quatre autres billets jaunes.

Combien de billets avons-nous recueillis au total?
C'est bien ça: huit!

Nous pouvons maintenant gagner la grande piñata! Peux-tu la voir? Allez, nous sommes presque arrivés!

Oh-oh, j'entends Chipeur le renard! Ce renard rusé tentera de nous chiper nos billets!

Vois-tu Chipeur? Nous devons dire: «Chipeur, arrête de chiper!»

Merci de nous avoir aidés à arrêter Chipeur. Nous sommes arrivés à la grande piñata!

«Approchez! Approchez! dit le trio fiesta. Vous avez besoin de huit billets pour gagner. »

Nous avons huit billets! *Fantastic*! Nous avons gagné la grande piñata!

Regarde ! Tous nos amis
sont ici pour nous aider
à ouvrir la grande piñata.

Pour ouvrir la grande piñata, nous devons tirer le ruban vert. Vois-tu le ruban vert? Tends les bras et saisis-le avec tes mains. Tire!

Hourra! Nous avons ouvert la grande piñata! Regarde! Il y a des jouets, des autocollants et des friandises partout. Merci de nous avoir aidés! *Goodbye!*